o que tínhamos à mão

o que tínhamos à mão

Timo Berger

tradução: Douglas Pompeu

jabuticaba

Dados Internacionais de Catalogação na Publicação (CIP) de acordo com ISBD

B496q Berger, Timo

O que tínhamos à mão / Timo Berger ; traduzido por Douglas Pompeu. - São Paulo : Edições Jabuticaba, 2022.
32 p. ; 14cm x 21cm.

Inclui índice.
ISBN: 978-65-00-52719-3

1. Literatura alemã. 2. Poesia. 3. Poesia alemã contemporânea. I. Pompeu, Douglas. II. Título.

2022-2949 CDD 831
CDU 821.112.2-1

Elaborado por Vagner Rodolfo da Silva - CRB-8/9410

Índice para catálogo sistemático:

1. Literatura alemã : Poesia 831
2. Literatura alemã : Poesia 821.112.2-1

Revisão: Marcelo Lotufo
Design miolo: Marcelo Lotufo
Design e imagem da capa: Marcelo Lotufo e Douglas Pompeu

9 786500 527193

Edições Jabuticaba
www.ediçõesjabuticaba.com.br
www.facebook.com.br/Edjabuticaba
instagram: @livrosjabuticaba

SUMÁRIO

o que tínhamos à mão

VERSUCH ÜBER DIE HÄNDE

über meine hände will ich schreiben / mit meinen händen / will / nachzeichnen die linien / die sie zeichnen / doch in der bewegung / des schreibens / die finger auf der tastatur / regentropfen die die oberfläche / eines sees in schwingung versetzen / in diesen diskreten wellen / verschmelzen die hände / mit dem gedachten wasser / ich halte inne / und sehe / wie sie zittern / sehe ihre falten / diese furchen in der handfläche / die zusammengenommen kein omen ergeben / laufen auseinander / schneiden den ballen ab / von den fingerbeeren / und bilden peripherien / kuppen und ihre vorhöfe / hornhautwülste / mit hervortretenden sehnen / grün oder grau die venen

über meine hände will ich schreiben / mit meinen händen / über die linien / die sie zeichnen / doch sie sind wie neben sich / entgleiten mir / es fühlt sich an / als lenkte ich ihren schatten / nicht sie / das echo ihrer bewegung / ihres ungelenken schwanken / das jähe auffahren und absinken / in unsinnigen kreisen / das ausgreifen und heranholen / von nichts

ich beobachte meine linkischen hände / und erkenne / ihre spur erst / wenn ich spüre / wie sie welt fassen / als wären sie nicht in der welt / sondern im gedächtnis / einer großen maschine / die die welt umschließt / oder ein abbild von ihr / das sich / manipulieren lässt: / ich wische mit dem finger eine wolke weg / vergrößere einen baum / ziehe eine häuserzeile hoch / direkt am fluss / der hier „fluss“ heißt

ENSAIO SOBRE AS MÃOS

quero escrever sobre as minhas mãos / quero com minhas mãos / traçar as linhas / que desenham / mas no gesto / da escrita / os dedos no teclado / chuvisco que oscila / a superfície de um lago / nestas ondas discretas / as mãos se dissolvem / com a água imaginada / me detenho / e vejo / como tremem / vejo suas rugas / estes sulcos em suas palmas / que juntas não resultam em agouro algum / divergem / separam a polpa do polegar / da ponta dos dedos / formam periferias / cimos e seus vestíbulos / relevos de calos / com tendões sobressalientes / as veias verdes e azuis

sobre minhas mãos quero escrever / com minhas mãos / sobre as linhas / que desenham / mas estão fora de si / me escapam / sinto como se / em vez delas / conduzisse suas sombras / o eco de seu movimento / seu vacilar desarticulado / que repentino sobe e desce / em círculos sem sentido / o soltar e o puxar / de nada

observo minhas mãos canhestras / e reconheço / o traço apenas / quando sinto / como apanham o mundo / como se não estivessem no mundo / senão na memória / de uma imensa máquina / que encerra o mundo / ou uma imagem dele / que se pode manipular: / com os dedos apago uma nuvem / redimensiono uma árvore / levanto fileiras de casas / diretamente ao rio / que aqui se chama "rio"

während ich meine hände beobachte / wie sie eine welt en miniature modellieren / einen raum der irgendwo drinnen zu sein scheint / zumindest eingefasst / in einen überbschaubaren rahmen / wo auf klare bewegungen / klare bewegungen folgen / irritationen / die irritationen auslösen / anders als hier / ich sage mal behelfsmäßig / hier / „draußen“ / wüsste nicht, wie ich ihn sonst / nennen sollte / den ort an dem ich bin / an dem meine hände zittern

an dem du warst / lange vor mir / vor uns / schrieb einer über die worte / in seinem mund / sie seien faulige maden / ich erinnere mich, wie ich auf eine walnuss biss / ein trockenes stechen am gaumen von schimmel / und ich spucken musste / taumelnd vornüber kippte / und meine hände / stützten mich nicht / verräterische / die mir abspenstig werden

sind jetzt voller schuppen / ich sehe sie in hd / die härchen / die abgestorbenen zellen / die epidermis die sich schält / die narben nicht nur einer krankheit / das messer das mir über die finger fuhr / der gespaltene nagel / immer noch sichtbar / in den zwei farben seines betts / wie sollte ich mich nicht in ihnen wiedererkennen / sie halten mir / meine geschichte vor / erhoben wurden sie selbstständig / griffen brutal in die welt / hinterließen zinken / führten mich in einen saal / in dem gerichtet wurde / und jetzt im licht einer lampe / in den farben eines weizenfelds / die patina gegerbter haut / reptilhaut / (chamäleon oder leguan)

enquanto observo minhas mãos / como modelam um mundo em miniatura / um espaço que parece estar dentro de algum lugar / pelo menos delimitado / numa moldura visível / onde movimentos claros / seguem a movimentos claros / irritações / causam irritações / diferente daqui / digamos por ora / aqui / "fora" / não saberia como deveria / de outro modo chamá-lo / o lugar no qual me encontro / no qual minhas mãos tremem

no qual você esteve / longamente à minha frente / diante de nós / alguém escreveu sobre as palavras / em sua boca / que elas seriam fungos mofados / eu me lembro, como mordi uma castanha / uma pontada seca no céu da boca de bolor / e eu cuspindo / caindo cambaleante pra frente / e minhas mãos / traiçoeiras / não me apoiaram / e me traem

estão agora cheia de escamas / eu as vejo em HD / os pelinhos / as células mortas / a epiderme que se descasca / as cicatrizes de mais de um distúrbio / a faca que deslizava sobre os dedos / a unha partida / visível ainda / nas duas cores de seu leito / como não poderia me reconhecer nelas / me apresentaram / minha história / foram erguidas por conta própria / agarraram brutalmente o mundo / deixaram marcas / me levaram a uma sala / na qual se julgava / e agora à luz de uma lâmpada / nas cores de um campo de trigo / a pele curtida em pátina / réptil / (camaleão ou iguana)

sind diese hände am ende / doch nur handschuhe / die ich abstreife am abend / um mit wunden stümpfen im bett zu liegen / auf den schlaf wartend / in dem so vieles an mir vorbeizieht / was ich / selbst wenn ich wollte / nicht zu fassen kriege / weil sie mir widerstand leisten / wie damals als ich geige lernte / sie spreizte und dehnte / sie sich zwischen den saiten einhakten / in den fugen verschwanden

ich kann sie euch noch so sehr entgegenhalten / in einer geste / der verzweiflung / des trotzigen triumphs / sie sind nicht mehr meine. / dieser drive / der sie treibt / eleganter / gefasster / als das / was hier kein wort hat / was stammelnd sich einen weg bricht / ein kleiner gegenstand / vielleicht ein kügelchen / reiskorn / haar / im pinzettengriff gewogen

und doch hat kein ding / das gewicht seines worts / das im toten winkel entwischt / wenn meine hände / zange / schere / faust / wie ferngesteuert / ins leere fassen

são essas mãos ao final / apenas luvas / que eu tiro à noite / para me deitar à cama com cotos feridos / esperando pelo sono / no qual tantas coisas passam ao largo de mim / coisas que / mesmo se quisesse / não consigo entender / pois elas resistem / como naquela vez que aprendi a tocar violino / a escachava e estendia / se enganchavam entre as cordas / desapareciam nas fugas

eu posso me opor a elas a vocês / em um gesto / de desespero / de triunfo teimoso / já não são minhas. / este dispositivo / que as aciona / mais elegante / mais calma / do que isso / que aqui não encontra palavra / o que abre balbuciante um caminho / uma coisa pequena / talvez uma esferazinha / grão de arroz / pesado na ponta de pinças

e, no entanto, coisa alguma / o peso de sua palavra / que escapa no ponto cego / quando minhas mãos / tenazes / tesouras / punho / como controladas à distância / tomam o nada.

AYACHUCHO

früher, in den Jahren des Bleis
spielten wir Kinder „Filmchen".

man musste Abschnitte
von Filmrollen, die die Kinos
aussortierten, werfen.

wer es am weitesten schaffte
das Zelluloid zwischen Zeige- und
Mittelfinger
gewann.

der Besitzer des Fotoladens
verkaufte Schwarzweiß und
Farbfilme bildweise.

Farbfilme waren schwerer
und flogen (im Schnitt) weiter.

ein paar von uns klebten ein Laufbild
einer Szene auf das nächste
fast gleiche
um Gewicht zu schinden.

Tricks, die die andern schnell entdeckten.

es war erlaubt, vor dem Werfen
auf die Bilder zu pusten.
sie mit dem feuchten Atem
der Dreitausender
zu benetzen.

AYACUCHO

De primeiro, nos anos de chumbo, nós
as crianças brincávamos de “filminho”.

Tratava-se de lançar cortes
de rolos de película, que os
cinemas jogavam fora.

Aquele que mais longe
– o celuloide entre o indicador
e o fura-bolos – chegasse
ganhava o jogo.

O dono da loja de fotografia
nos vendia, foto a foto, filmes
a cores e em preto e branco,

filmes a cores pesavam mais
e voavam (em média) mais longe.

Alguns colavam a imagem
em movimento de uma cena atrás
da outra quase idênticas
para roubar no peso.

Truques, logo descobertos pelos outros.

Permitido era, por exemplo,
soprar as imagens antes
do lançamento, umedecê-las
com o hálito das cordilheiras.

Ayacucho war eine Insel
umgeben von Gipfeln
wir spielten im Innenhof
mit dem, was zur Hand war.

Ayacucho era uma ilha
cercada por montanhas.
Brincávamos nos pátios internos
com o que tínhamos à mão.

WULFSTORF AM ABEND

Federnd über die Nadelschwelle
in die Flur hinaus

ein dämmergrauer Fleck
hat er sich noch bewegt?

Lieber sagen, ich seh im Dunkeln
schlecht, und nicht: da steht ein Reh

im Feld; kein starres Schalenwild
vor der Huskystation, ein rostiger Tank

und blühendes Kraut im Rain ...
ich kenne die Namen der Pflanzen

nicht, die hier nur wurzeln,
weil man sie nicht unterpflügt,

eine seit Jahrhunderten geschätze Folge
von Süßgräsern und Gehölzen,

unberührt von meinen Tritten,
suchend im schon fahlen Licht.

WULFSTORF À TARDE

De mansinho sobre os pregos
da soleira para o corredor afora

um vulto cinza-castanho,
se mexia ainda?

Melhor dizer que vejo
mal no escuro, e não: uma corça

de pé no campo; animal de caça parado
frente ao canil de huskys, um tanque

enferrujado, arbustos floridos à margem…
ignoro os nomes das plantas

que aqui só deitam raízes,
porque o arado não as arranca,

uma cultura de capins e lenhosas
estimada há séculos, mas agora

intocadas pelos meus passos,
à procura, à luz do sol se pondo.

#NEXTMARKET

als wäre der Markt plötzlich
nicht mehr Metapher für wechselnde Werte
bewegt von einer kopflosen Hand

als wäre der Markt nun
ein Sofa in Panama oder das Musikzimmer
Teil der Einrichtung jedenfalls

als wäre der Markt Ort
der Ruhe steril gefliestes
Reha-Zentrum

als wäre der Markt
das neue Ausgehen
eine Single-Börse

als wäre er eine Liste
nicht käuflicher Dinge
ein Zukunftsraum oder Klimawandel

als wäre der Markt
im Markt auf einmal ohne
Marketender denkbar ...

und ich laufe über den Markt
mit blutverschmierter Schürze
auf der Suche nach einem Ersatzteil für Gallengänge

das Spalier der lefzenden Bieter
das Marktgeschrei, die Wespen, Ratten
Krähen, heilige Trias der Wächter

#NEXTMARKET

como se o mercado de repente
não fosse mais metáfora para valores voláteis
movido por uma mão sem cabeça

como se o mercado fosse
agora um sofá em Panamá ou um quarto
de música em todo caso parte da mobília

como se o mercado fosse lugar
de descanso estéril centro
de reabilitação ladrilhado

como se o mercado fosse
o novo sair de casa
um ponto de encontro para solteiros

como se ele fosse uma lista
de coisas não compráveis
uma sala pro futuro ou mudança climática

como se o mercado fosse
no mercado de repente
concebível sem mercandantes...

e eu atravesso o mercado
com avental banhando em sangue
à procura de uma peça para dutos biliares

o ceder passagem dos arrematadores
o burburinho do mercado, as vespas, ratos
corvos, a santíssima trindade dos guardas

der Verderbnis, in einer Ecke
einer der noch an den Markt-Sismus glaubt
vergilbte Seiten liest

aus dem Gedächtnis, das kurz ist
das die langen Wellen in schnelle
Zyklen zerlegt

irgendwo auf diesem Planeten
ist immer Markt und der Marktmeister
vergibt Plätze, Slots, Webspace

Optionen und Chancen
für eine Zukunft, deren Bild
über uns hängt

Spiegel der Wellblechplatten
im Mercado Central von San José
Komma Costa Rica

a podridão, num canto
alguém que ainda acredita no markt-xismus
lê páginas amarelentas

da memória, que é curta,
que desmembra longas ondas
em ciclos rápidos

em algum lugar deste planeta
sempre há um mercado e o mestre do mercado
cede lugares, slots, espaço web

opções e chances
para um futuro, cuja imagem
pende sobre nós

espelho de chapas de zinco
no Mercado Central de San José
vírgula Costa Rica

ESTACIÓN DEL SUR

... Schafgarben, Rudbeckien
Stechäpfel, Kletten
Kugeldisteln ...

sie stellen eine Bank
an den Weg entlang
der Gleise

im Hintergrund ein Gitterzaun
der den Durchgang
versperrt

dahinter noch zu rodendes
Gestrüpp
in manchen Vierteln

dauern öffentliche Bauwerke
bis zum Beginn der nächsten
Krise

... Wegwarten, Klee
Königskerzen
Löwenzahn ...

ein Sommersonntag
in Gesellschaft schweigender
Maschinen, auf der Bank sitzend

feiere ich neben dem Bagger
dem Betonmischer, die künstliche
Klamm zu meinen Füßen

ESTAÇÃO SUL

... mil-folhas, margaridas-
amarelas, bardanas, falso-
lírios, cardo balas...

instalaram um banco
no caminho ao longo
dos trilhos

ao fundo o alambrado
que interdita
a passagem

lá atrás um matagal
ainda não capinado
em alguns bairros

obras públicas demoram
até que estoure a próxima
crise

... endívias, trevos
vela-de-bruxa
dente-de-leão...

um domingo de verão
na companhia de máquinas
caladas, sentado no banco

celebro ao lado da draga,
da betoneira, o barranco
artificial aos meus pés

    durch die der Zug nach Süden fährt
nach Buda
oder Pest

    gegenüber der Spiegel der Sonne
die Backsteinkaserne
in der ein Luftfahrt-

    Pionier im Ballon
den Himmel bestieg
andere, zuvor, stürzten

    Gefangene der Böen
mit ihren Flügeln aus Weidenbinsen
und gewachstem Kattun

    da rattert der EC nach Praga
löst sich auf
im Limbus der Hauptstadt

    und der Steg über die Gleise
bleibt geschlossen. vor Kurzem
wusch sich der Himmel

    rein und über dem anderen Ende
der Brücke meinte ich
einen Mann auszumachen

    dünn und zittrig
mit riesigen Schwingen
und Schnurrbart

    im Nachmittagsaufwind
während ein Hochgeschwindigkeits-
schweif

pelos quais o trem viaja ao sul
não sei se para Buda
ou para Pest

diante do espelho do sol
a caserna de tijolos à vista
onde um aviador pioneiro

subiu com um balão
o mesmo céu no qual outros
antes dele caíram

prisioneiros dos ventos
com suas asas de vime
e algodão encerado

lá range o eurocity
rumo à Praga se desfazendo
no limbo da capital

e o pontilhão sobre
os trilhos segue fechado. O céu
se abriu há pouco

e sobre o outro extremo
da ponte pensei
ter visto um homem

magro e trêmulo
com asas enormes
e bigode

no vento ascendente
da tarde enquanto uma rajada
em alta velocidade

den Schotter zum Beben bringt
suche ich einen Ausweg
aus der Montage der Zäune

stoße auf eine Raupe
auf Kräne, die eine Idee nicht
verwandeln konnten

in einen begehbaren Teil der Stadt und
von Weitem – am Bahnhof
Südkreuz – hört man

die nächsten Abfahrten.
eine Heuschrecke läuft über
die tabakfarbenen Latten der Bank

ich betrete die Ruderalwiese
die Schienen und
Brachen erobert

entdecke einen Spalt
die Rückkehr
ins Zivile

... Klatschmohn, Butterblumen
Gänseblümchen, Lavendel
wilder Dill ...

faz os cascalhos vibrarem
busco uma saída
na montagem do alambrado

trombo com uma esteira,
com guindastes, que ainda
não puderam transformar

uma ideia numa parte
cobiçada da cidade e de longe
– na estação sul –

escuta-se as próximas partidas.
um gafanhoto salta pelas
ripas cor-tabaco do banco

avanço ao aterro
conquistando os trilhos
e alqueives baldios

descubro ali uma brecha
o retorno
à civilização

...papoulas, botão de ouro
margaridas, lavandas
endro silvestre ...

Outros títulos das Edições Jabuticaba

Discoteca Selvagem
Cecilia Pavón
trad. Mariana Ruggieri e Clarisse Lyra

Estrelas brilham, mastigam lixo
Reuben
posfácio Júlia de Carvalho Hansen

Sereia no copo d'água
Nina Rizzi
posfácio Estela Rosa

Por qual árvore espero
Eileen Myles
trad. Mariana Ruggieri, Camila Assad e Cesare Rodrigues

Variações sobre tonéis de chuva
Jan Wagner
trad. Douglas Pompeu

A invenção dos subúrbios
Daniel Francoy
posfácio Guilherme Gontijo Flores

Que tempos são estes
Adrienne Rich
trad. Marcelo F. Lotufo

Por trás e pela frente primeiro
Kurt Schwitters
trad. Douglas Pompeu

As Helenas de Troia, NY
Bernadette Mayer
trad. Mariana Ruggieri

O método Albertine
Anne Carson
trad. Vilma Arêas e Francisco Guimarães

O hábito da perfeição
Gerard Manley Hopkins
trad. Luís Bueno

Os elétrons (não) são todos iguais
Rosmarie Waldrop
trad. Marcelo F. Lotufo

Cálamo
Walt Whitman
trad. Eric Mitchell Sabinson

Nocaute / 6 poetas / Cuba / hoje
org. José Ramón Sánchez
trad. Rodrigo A. do Nascimento e Mariana Ruggieri

Ova Completa
Susana Thénon
trad. Angélica Freitas

Sotto Vocce e outros poemas
John Yau
trad. Marcelo Lotufo

Diário de Classe
Antonio Arnoni Prado
apresentação Vilma Arêas

Percurso livre médio
Ben Lerner
trad. Maria Cecilia Brandi

O velho que não sente frio
Daniel Francoy

Vontade de ferro
Nikolai Leskov
trad. Francisco de Araújo

Cidadã
Claudia Rankine
trad. Stephanie Borges

X, Y, Z
Carolina Tobar
trad. Marcelo Lotufo

Cada um a seu modo
Marcelo Lotufo
posfácio Vilma Arêas

Mundo Barbie
Denise Duhamel
trad. Miriam Adelman, Julia Raiz, Emanuela Siqueira

Meus poemas não mudarão o mundo
Patrizia Cavalli
trad. Cláudia T. Alves

Minimal existencial
Paulo Tavares
apresentação Daniel Francoy

Virá a morte e terá os teus olhos
Cesare Pavese
org. e trad. Cláudia T. Alves e Elena Santi

Poemas mais ou menos de amor
Diane di Prima
org. e trad. Fernanda Morse

Papa Hamlet
Arno Holz e Johannes Schlaf
trad. Douglas Pompeu e Mário Gomes

Fontes

"Ayacucho" e "Estación del Sur" são do livro *Der Süden. Gedichte* (parasitenpresse, Köln, 2014)

"versuch über die hände", "Wulfstorf am Abend" e "#NextMarket" são inéditos.

Este livro foi impresso na gráfica PSI7,
em papel pólen natural 80 g/m² e cartão 250g/m²
e composto em Garamond.